KB267047

이렇게 이렇게
울어도

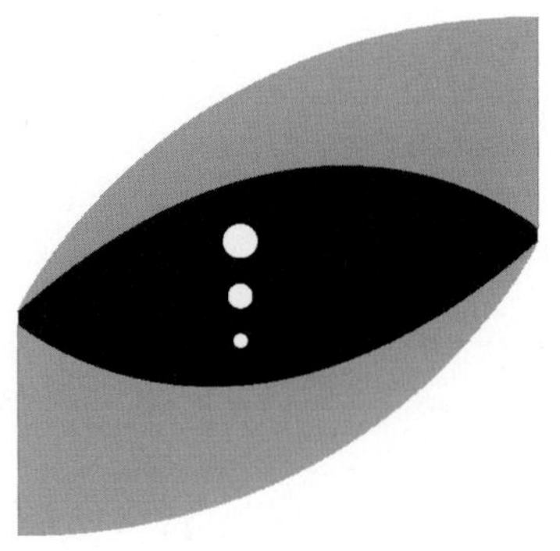

임명숙 시집

이렇게 이렇게 울어도

KSI 한국학술정보㈜

■ **시인의 말**

아직도 시를 잘 모르겠습니다.
시집을 세상에 내놓는 지금
여전히 부끄럽고 부끄러울 뿐입니다.
내게 있어 시는 의식과 무의식의 넘나듦,
그래서 결핍된 삶, 그것 때문에 쓰는지도 모릅니다.
나처럼 자주 넘어지면서 살아내기 하거나
쉽게 상처 받고 진정 외로워하는 이들과
시 한 구절만이라도 가슴으로 나누고 싶습니다.

2008년을 시작하면서. 임명숙

차 례

1부

이렇게 이렇게 울어도

2부

외로움

3부

하늘은 낮은 곳에 있었네

4부

행복한 사람

1부

이렇게
이렇게
울어도 울음 아직 가슴에 있습니다

이렇게 이렇게 울어도

이렇게
이렇게
울어도 울음 아직 가슴에 있습니다

12월 31일

자정이 넘은 눈보라 속
혼자 걷고 또 걷다가
얼어버린 발길 닿은 그 곳
사람 냄새 짙게 배인
두어 평 남짓의 국밥집에서
내가 먹은 것은 행복이었습니다
그리고 꿀꺽 삼킨 것은 눈물이었습니다

이따금 혹은 자주

여기 이렇게
가던 길 털썩 주저앉아
가슴으로 가슴으로 우는 까닭은
아니 가야 했을 그 길에서 너무 멀리 와 버렸기 때문입니다

거짓말

나는 언제든
조금도 착하지 않은데 착한 척을 잘 할 수 있지요
잘나지도 않았건만 잘난 척도 아주 잘 할 수 있고요
때론 싫어도 싫은 척을 전혀 하지 않을 수도 있어요
그런데 나는
사랑하지 않으면서 사랑하는 척만큼은
정말 할 수가 없답니다

내가 살 수 있는 이유

지금 살고 있다는 것
그것만으로 사는 의미가 있음을 오늘에야 압니다
그보다 더욱 의미 있는 일은
눈물이 아직 흐른다는 것입니다
아니 보다 더 큰 의미는
그대 곁에 없지만
호흡으로도 느낄 수 있다는 것입니다

여태 살 수 있는 것은
떠나간 사람 뒤에서
이렇게 심장이 뛰고 있기 때문입니다
해서 좀 더 견뎌야 할 것 같습니다
그가 거기 있는 한 오늘도 어제처럼
놓아주는 연습에 게으르고 싶습니다
길고 긴 호흡으로 말입니다

한 사람으로 인해

여전히 살기에 충분합니다
그대 곁에 없지만
나를 출렁이게 하는 바다이고
그 바다에는 둘만의 세상이 있기 때문입니다

꽃보다 얼마나 더 아름다우랴

지금까지 마주보고 있었는데
몇 발자국 멀어졌다고
벌써 보고 싶은 사람
이대로 채울 수밖에
그도 같을까
이름 지워진 꽃 곁에서

금기를 위반해야 올 것 같은
바람처럼 저렇게 왔다 가는
그래서 정말 힘든 사람
이대로 가둘 수밖에
그도 같을까
이름 지워진 꽃 곁에서

꽃은 제 젊음 다 바쳐 피워내는데
사람은 보낸 젊음 아쉬워하고 있으니
꽃보다 아름다울 수 있으랴마는

꽃이 될 수 없음을
저렇게 받아들일 줄 아는
그 사람이 더 아름다운 것을 어찌하랴

두 번 다시는

내가
사랑한다고 감히 말할 수 있는 것은
서로에게 익숙하기도 전에
헤어졌기 때문입니다
지금 여기 머물러 있다면
나는
두 번 다시 사랑한다고 착각하지 않을 것입니다

세월아 세월아

어떻게 어떻게 놓을 수 있었을까

산
아래
사람아

누군가 떠난 뒤에서 흘린 눈물이 강물보다 깊었어라

방황의 끝

너는
비 젖은 바람처럼
나는
바람 안은 비처럼
우리
천국 가는 티켓 하나로만 살았으면

떨어진 꽃잎에도 향기는 아직 남아 있다

사랑의 저 편

점

점

점

흘러가고 있어

가질 수 없다면 놓아야 하는데

타

타

타

들어가고 있어

놓을 수 없다면 가져야 하는데

꾹

꾹

꾹

참아내고 있어

어찌하랴 네 곁에서

불가능

하늘만큼 땅만큼
울어라
천 번 만 번 더
울어라
그래 그래야
보낼 수 있는 것을

인간이 신보다 더 잔인할 수 있을까

돌아 돌아가는 길

내가 살아가는 모양새는 언제나 겨울이다

목 감아쥐고 흐르는 눈물에
홀로 밥 꿀꺽 삼키는 세월 속에
만남보다 헤어짐이 더 익숙하기에

버려졌어도 개는 제 주인을 결코 잊지 않는다던데

여름 그리고 겨울

이쯤에서 무뎌진 가슴으로 살고 싶어
풀 냄새 살아 숨 쉬고
그림자 여유로운 봄날
속살 파고드는 바람 때문에
누르고 눌러 보아도
자꾸만 튀어 오르는 얼굴
이미 지워진 이름조차
거둬내지 못하는 세월이라면
맡기는 연습 툭 쳐내도 좋은 것을

누군가 그리워하는 지금은 변함없이 겨울이다

내가 가진 것은

혼자 둘처럼
살아온 날들이 살얼음판 같았는데
참 따듯했었다는 것
닫은 가슴 열어 놓고 간 그
바람 지나간 끝에 남은 비 때문이었을까

여름인지 혹은 겨울이었는지 기억 없고
마지막 탄 심야버스에서 끝으로 내려
너무 오래 걸었다는 것
가슴 젖어 흔들리는 나
떠난 사람 못 지운 채 멀리 사는 이유였을까

둘처럼 혼자
살아갈 날들이 못견디게 추울지라도
지금처럼 쓸쓸해도 괜찮아
여전히 험한 세상 품고 도는 저
비 그치고 남은 바람이 아직 내가 가진 전부라면

존재의 버거움

네 안에서
한 발자국도
비껴가지 못한 세월
그때 사랑이 정말 사랑이었을까

네 안에서
함께한 날들 바람 밖으로 보낸 후
곁에 남아 있는
지금 사랑이 정말 사랑일 수 있을까

새장 속에서도 세상 다 읽었을지 모를
새는 날갯짓을 결코 멈추지 않는다

불임클리닉

여자가
한 여자가
벌써 잊혀진
그 여자가 죽음 같은 사랑을 잉태합니다

상처

약속이나 한것처럼
같은 시각에 깨어
비누 냄새
그리워하는 내게
당신은 언제나 밤입니다

이방인처럼

바람도 비도
머물다 갈 줄 아는데
어찌 사람만
머무를 줄 모르는지요
어떤 사랑에는 눈물보다 강물이 앞서 흐르고 있습니다

첫사랑

내가 하는 사랑은 언제나 첫사랑입니다
사랑하는 지금
그 순간 만큼은 처음처럼 늘 설레이니까요

내가 쓰는 주홍글씨

처음 '주홍글씨'를 읽었을 때
선악과 따 먹은 이브보다
이브가 건네 준 선악과 덥석 먹은 아담을 먼저 떠올렸다
다시는 너를 위해
향내 피우지 않겠다고 약속했건만
여지없이 무너지는 그 약속

헐값에 사들인 향수 냄새를
이 계절이 저만치 밀쳐내고
정제된 언어가 긴장하는
문학 강독 시간에
다시 되돌아온 '주홍글씨'는
사랑과 불륜의 경계선을 지운다

그해 봄날처럼 변함없이
닲은 바람 불어오는 교정에서
온종일 분필가루 범벅되어

어제 같은 오늘을 살 수밖에 없고
금지된 사랑 꿈꾸는 몹쓸 병은
언제라야 치료가 될까
올 봄에도 라일락만 세상에 왔나 보다

애초부터 에덴동산은
인간의 소유가 아니었다는 것을
아직도 억지 쓰며 이해하고
먼지 앉은 활자 털어내며
지금 내가 쓰는 '주홍글씨'는
사랑 나눌 그 자리 찾아 바스러진다

2부

사람이기에
사람이기에
외로운 것입니다

살아 있어
살고 있어
외로움을 갖는 것입니다

외로움 1.

사람이기에
사람이기에
외로운 것입니다

살아 있어
살고 있어
외로움을 갖는 것입니다

사랑을 해서
그 사랑 때문에
외로움에 젖는 것입니다

잊지 못해서가 아니라
벌써 잊혀졌기 때문에
외로움이 더욱 깊은 것입니다

<u>**외로움 2**</u>.

사랑한다고 말을 해 버렸을 때
이미 그 사랑은 사랑이 아니다
사랑은 사랑한다고 말을 하는 순간
벌써 뒤돌아 선 바람이기 때문이다
그저 보고 싶어 미칠 수밖에 없는 것은
저 만큼 외로움이 먼저 와 있기 때문이다

외로움 3.

그대와
나
사이에 허물 수 없는 벽이 있습니다

외로움 4.

네게
나
갈 수 있어도 길이 보이지 않았다

외로움 5.

당신과
나는
우리가 될 수 없는데 지금은 하나입니다

외로움 6.

외롭다는 거
어떤 건지 아니
응, 대답해 줄 상대가 없을 때

강물과 하나가 되고 싶어라

외로움 7.

너만 가진 외자 이름
서너 번 불러보면 닿을 거리를
돌아 다시 돌아
버스에서 내려 멀리 가는데
비틀거리는 발걸음은 왜 이리 무거운지

알고는 있니
살아간다는 것
밥 알갱이 그대로 넘길 수 없는 고통인 것을
미처 준비 못한 날 밀어낸 끝에서
견딜 수 없었던 것은
미움이 아니라 지독한 외로움이었다

어쩌겠니
아직 견뎌야 할 시간이 길고 길어
이대로 산 만큼 다시 살아내야
찾아올 것 같은 사람아

외로움 8.

아시나요
외롭다고 말할 수 있는 사람은
어쩌면 외롭지 않을 수도 있다는 것을

목메어 소리조차 지를 수 없어
숨어 흐르는 눈물 먹은 입술
깨문 그대로 있을 수밖에 없는

그런
외로움을
아시나요

외로움 9.

누군
너무 외로워
가던 발길 뒷걸음질쳤다지만

누군
그것마저 외로워
가던 길 멈출 수가 없었습니다

그때도 그런 것처럼
지금
이 가슴은 사막입니다

외로움 10.

외로움을 그 외로움을
한 번쯤 앓았을지 모를
누구는 단어 하나를 더해 놓고 '고로움'이라 말했지
산 몇 개를 더 넘어야
외로움은 끝이 날까

병명도 모를 통증이 왜 이리 길기만 한지
밤이 아침 되는 줄 모른 채
죽고 싶은데 살 궁리를 해
아직도 나 버리고 간 너를 위해서

외로움 11.

외로움은 도대체 어떻게 생겨먹은 것일까
혼자 밥 먹는 것
혼자 말하는 것
혼자 자는 것
아침에 눈 떴을 때도
혼자라는 것
혼자 웃는 것
혼자 우는 것
외로움은 도대체 어떻게 생겨먹은 것일까

바로 살아내기 할 때의 필요충분 조건이었어

외로움 12.

외로움은 생각만 해도
벌써 눈물이 나는 병입니다
그래서 길게 앓고난 후라야 치유되는 병이지요

<u>외로움</u> 13.

늘 그렇듯
홀로이기 때문에
외로움을 느낀다는 것은
어쩌면 외로움이 아닐지도 모릅니다
사람 곁에서

가슴 언저리가 미어질 때
원인 모를 통증이 진정 외로움일지 모릅니다

늘 그렇듯
귀 기울여 줄 사람 여기 없어
제 몸 던져 찔리어 죽는 가시나무새처럼 울 수 없어
만날 수도 만져서도 아니되는
사람 곁에서

부를 수밖에 없는 이름 있을 때
치유되지 않는 외로움이 가시되어 박힙니다

외로움 14.

지금도
세상 한 귀퉁이에서
끓는 가슴 닫아 놓고
머리로만 살아야 살 수 있는
그것

<u>외로움</u> 15.

한번도
뒤돌아보지 않고
저 바람 따라
저 낙엽처럼
저 하늘로
가볍게 날아간 네 뒤에서
못 박힌 가슴으로 살아내기 하는 것

3부

담배 한 개비 들려 있는 늙은 창녀의
황톳빛 손가락에 슬픔 보내기. 배고
픔에 죄인 아닌 죄인으로 타락할 수
밖에 없는 자는 누구인가.

어느 날부터

어느 날부터
사는 게 너무 시시하다 여겨지는 것은
떨어져 밟히는 가로수 잎들이
가슴을 들쑤셔 놓고 달아난 이유 때문이 아니다

어느 날부터
사는 게 참 서럽다 느껴지는 것은
공책만한 유리창에 비춰지는 그림자와
마주친 긴 밤이 두려워서가 아니다

어느 날부터
사는 게 정말 떨떠름하다 생각되는 것은
콩나물 팔아 번 돈 수억 원을
아무런 대가도 없이
장학 기금에 선뜻 내놓은
거북이 등가죽처럼 갈라진 손을 지닌
허리 구부러진 노인의 죽음이

신문 활자로 그려지고 있을 때
침묵할 수밖에 없어
오늘과 다르지 않을 것 같은
내일을 먼저 읽어버렸기 때문이다

이 땅에서

산이 깎여 바다가 묻혀져
바람마저 도망가
빛바랜 하늘 아래
잘난 사람들 모두 모여라
이 땅으로

컴퓨터 모니터에
강 너머 아파트 값 최대 폭등
1달러로 하루 사는 지구촌 세상 뜨면
난 굶주린 개처럼 짖어댄다
굽어진 등 더욱 구부린 채

하늘 잘려나간 틈 사이로
오존층은 자꾸만 파괴되고
뒤돌아볼 줄 모르는 어른들 뒤에서
책가방 길게 늘어뜨린 아이들이
아스팔트 위에 나동그라진 나침반을 밟는다

이 땅에서

백두산 귀퉁이에서

잿빛 언덕을
뒤돌아 볼 사이 없이
앞만 보고 기어올라
바람 안고 몸뚱이 겨우 걸친 곳은
신만이 움켜쥔 땅이었다

저쪽 땅
팔 다리 멀쩡한데 디딜 수가 없구나
눈 감겨 끌려서라도 가고 싶어
오래도록 잘 참아왔는데
무엇을 그리워해야 한다는 것이
지독한 두려움이란 걸 알았다
인간들만의 전쟁놀이가 그랬구나

백두산 천지가 그랬다
살아내기에 지친 나도 받아들이지 않았고
살아내기에 바쁜 너도 받아들일 수 없었나 보다

세어지지 않는 세월 속에
단 한 번 요동 없이

너와 나를 내려다보고 있는
이곳 주인은
신만이 들이키는 물이었다
영겁 속 휘둘러진 혼탁한 시대에
안개 품은 비바람 스며들까 봐
얄팍했던 귀 일찍 닫아 두고
이십일 세기 문턱에서 방향 잃고 헤매는
두 발 달린 짐승인 나
주저앉아 제 정신 아니게 웃어버렸다

행복하세요

행복하세요
딛고 있는 땅이 버겁다 못해 시들해질 때
그것조차 의미 없어 한바탕 웃음으로
이마에 주름 패일라

더 행복하세요
오래된 배반이 바람 파고 숨어들 때
치미는 분노에 가득 고인 눈물로
두 눈에 한강물 넘칠라

많이 행복하세요
걸러지지 않은 말들을 게걸스레 뱉어낼 때
토해낸 찌꺼기까지 다 삼켜 버림으로
입에 가시 돋칠라

그대로 행복하세요
아무렇지 않게 논문 표절에

더럽혀진 문자들을 한순간에 무시함으로
문맹이라 놀릴라

지금처럼 행복하세요
강남땅에 한 다리 못 걸쳐 배 아파질 때
하루 한끼 밥 목구멍에 넘기는 천만다행으로
애완용 강아지 짖을라

누가 뭐래도 나는 행복하고 싶어요
지식 팔아 분필가루만 배 터지게
먹어치우는 포만감으로
나는 오늘도 대학 강사랍니다

그·래·요, 게 행복이라면 내 행복은 아직 넉넉합니다

실버타운을 다녀와서

잿빛 도시에 살 수밖에 없는
머리 단단히 싸매야 겨우 버틸 수 있는
이따금씩 무책임해야 하고
조금은 나태로 쾌감을 가져 보는
시간을 팔아야 아니 사야 하는
내 결핍이 추락을 한다

사랑이란 이유로 소유하고
끝간데 없는 위악만을 키웠기에
애초에 뒤틀린 만남일랑 저쯤 거리두기로 하자
새 사랑 찾아 떠났던 네 발걸음처럼
이제 가볍게 살면 좀 어때
나만의 위로가 익숙하다

비 그친 뒤에도 아직 남은 바람 속에
습관처럼 탐욕에 젖은 몸뚱이
독 품었던 가슴 풀어 놓고

달콤하게 용서 좀 하면 어떠랴
잔뜩 움켜쥐었던 세월을 내려놓아야
살 수 있다는 이치를 깨달아야 하는데
내 사랑 방식이 너무 거추장스럽다

나만의 십자가를 찾던 날 흔들리지 않는 세상을 보았다

내 할머니

할머니는 옛날 옛날이야기를
밤늦도록 많이도 해주셨지
늘 하나로 이어진 내용이었지만
내 귀엔 수천 개의 이야기로 들렸지
배가 아플 때마다
열 손가락으로 살살 문지르시는
당신 손이 약손이란 걸
나는 커서야 알았지

할머니는 늘 당부하셨지
보지 말 것은 보지 말고
듣지 않아야 할 것은 듣지 말고
말하지 않아도 될 것은 말하지도 말라고
횟배 앓는 머리맡에 앉으셔서
장님 석삼년 귀머거리 석삼년 벙어리 석삼년이
무언지 모르는 유년 시절에
옛날 옛날이야기 들려주시던 가슴으로

나를 키울 수 있었지

보지 않아야 했고
듣지 말아야 했으며
말하지도 않아야 했던
할머니의 말씀대로 살아가지 못해
비겁한 지식인으로 남아
참 거짓 하나 분간 못하는
혼탁한 세상에서 갈 길 잃고 헤맬 때
횟배앓이 쓸어 주시던 약손이 그리워
알사탕보다 더 달콤했던 옛날이야기 속으로
뒷걸음질 하지 않고 달아나고 싶다

꿈

한 치 흔들림 없는 시각에 눈 떠
밥 알갱이 위장에 구겨 넣고
일터로 나가는 위대한 행진 속에
휴일마저 허리 꺾여 저당 잡혀도
월급 몽땅 카드 대금으로 빠져나가
명세서 한 장 달랑 챙기는 산 자들의 비명
살아야 하는 이유조차 캐물을 시간이 없다
잠 잘 자고 잘 놀수 있는 세상인 줄 알았는데
발 함부로 내딛을 수 없는 찬란한 땅에서
책임 없이 뱉어 낸 낯익은 말투가
앞서 떠난 이의 찌꺼기일 때
미처 거둬내지 못해 들끓는 분노는
아직 사랑할 시간이 남아 있다는 신호이다

물고기 잡아 병 속에 가득 넣어 오겠다던 아이는 어디쯤
왔나

하늘은 낮은 곳에 있었네

김밥 사백오십 줄. 겉절이무침. 불고기. 생수 세 상자. 세 가족 아홉 명이 한 묶음 되어 이른 새벽부터 길 떠나기. 구멍 뚫린 하늘에서 비 멈추던 날. 헤매 헤매 찾은 곳. 내가 사는 신도시에서 그리 멀지 않은 곳. 한 모퉁이. 게딱지같은 판자촌들이 엉켰음. 목사님 안내로 도움 주러간 곳은 집이라 부를 수 없는 집 아닌 집. 방만 달랑 다섯 칸에 다섯 세대가 살고 있음. 재래식 화장실에 오물 쏟아 놓고 사는 이들은 분명 먹고 자고 배설하는 짐승이 아님. 코 달려 입 달린 사람임. 여기는 아아 자랑스러운 우리 대한민국. 주저앉은 지붕 귀퉁이에서 폭우를 맨몸으로 견딘 이들. 눈에 그대로 밟혀 눈물 대신 발바닥에 커다란 물집만 생겼음. 시궁창이 된 보금자리. 오물 속에 뭉개져버린 가재도구들. 일그러진 건 집이 아닌 사람 가슴. 있어야 할 사람 냄새가 없음. 체온이 식었음. 표정도 없음. 시간마저 정지해 버렸음. 난 사이비 지식인인지도 모름. 사이비 교육자인지도 모름. 강의 내용은 허리 잘린 바람 같은 것이었는지도 모름.

모를 일투성이. 저쪽 강 너머에서는 휘황찬란한 술집들이 아파트들이 춤추고 있는데. 이쪽 터진 개천 둑에 주저앉은 단칸방의 주인공은 늙은 창녀. 담배 한 개비 들려 있는 늙은 창녀의 황톳빛 손가락에 슬픔 보내기. 배고픔에 죄인 아닌 죄인으로 타락할 수밖에 없는 자는 누구인가. 반나절 허리 못 편 채 악취 속에서 손놀림 어설픈 나야말로 이방인. 알베르 카뮈의 죽음이 아주 잠깐 생각났음. 지구촌 모습들에 코가 몹시 시큰함. 지구촌 저쪽 난민어린이도 소중하고. 이쪽 게딱지만한 집에 사는 늙은 창녀도 소중함. 수재민이 가엽다고 눈물 짜는 조카 녀석 입 닫아 둔 채 마녀처럼 봉사활동 마구잡이로 시킴. 실험대 위에 널브러진 청개구리가 보임. 이 시대가 늙은 창녀가 나를 갈기갈기 해부하고 있었음. 감각마저 마취된 가슴에 못질 하나 더하기. 빼기는 없음. 곱해야 할지 나누기해야 할지. 밤하늘에는 빨간 십자가가 저렇게 난무하는데. 수재민 돕기 전화 다이얼 돌리는 그 손끝들에 축복 있었음. 세상이 돈다. 돈다.

마구 돈다. 돈이 돌고 돌아 미쳤다. 한강 저쪽 너머 땅에서. 그날 이후 태초에 있었던 그 말씀이 내게서 사라지다. 그 대신 하늘은 낮은 곳에 있었음을 알아내다. 퍽이나 대행이다. 지금 생각해도 그날 하늘은 분명히 낮은 곳에 있었다.

어떤 풍경화

이른 아침 성에 낀 유리창을 열 때
어깨 위로 얹혀지는 하루가 길 것만 같아
지레 겁먹은 아이가 된다
가슴 닫고 머리로만 살아낸 지 오래
노점상만이 밤 거리거리를 돌고
길 잃은 시대에
휘청거리는 사람들이 춥다
한끼 때우려 줄지어 선 홈리스들의 위장 속에
허물어진 오늘을 넘기고 나면
내일 넘겨야 할 것들은 무엇이고
다시 얻어질 것은 어떤 것들인가
아직도 겨울이 여기 있는데
벌써 오는 봄 소리가 아프다
살아야 할 의미마저 잃어버린 지 오래
먼지처럼 바숴진 삶 속에
팔다리 잘려나간 도마뱀 한 마리만
아픈 줄 모르고 자꾸만 꿈틀거린다

자유

행복하시나요
더 행복하시려면
어린아이처럼
웃어보세요

행복하시나요
더 행복하시려면
어린아이처럼
울어보세요

그런데 나는 절대 행복할 수가 없네요

내 말에 딴지걸기

왜 나는
영화처럼
그림처럼
시처럼
처럼이란 말을 참 잘 하는지 모르겠어요

영화는 영화이고
그림은 그림이고
시는 시일뿐인데

영화 속 멋진 주인공 닮은 사랑 한 번 하고 싶어
깊이 단풍든 아름다운 산과 텅빈 겨울 바다를 보았을 때
시인 이름도 모를 단 한 줄의 시 구절이 가슴으로 파고들면
나도 모르게 툭 튀어 나오는 소리가
처럼이란 말이지요

알겠어요 이제야 알겠네요

나는 영화처럼 그림처럼 시처럼
결코 살아갈 수 없어 이렇게 위로하며 살아갈 수밖에요

웃음소리

사람들이 가장 많이 하는 말
죽겠다

누군 정말 배고파 죽겠다
누군 너무 배불러 죽겠다면
똑같은 죽음이 아니더냐

배고파 죽겠다는 사람 곁에서
배불러 죽겠다는 사람은 정말 죽을 결심을 한걸까

그런
세상사가 정말 슬퍼 죽겠고
너무 우스워 죽겠다

기적, 그 시뮬레이션

그날 바람은 낮게 불었던 것 같다

거리에서 웃음 지운 사람들
구멍난 지갑 속에 갇힌 채
겨울은 짐승처럼 다가오고
가볍게 아니 무겁게 사는
별에 태어난 자들만의
슬픈 축제일지도 모를 일
쏠 탄, 파헤칠 핵
봄나물을 날것으로 먹고 싶던 날

컴퓨터 모니터엔 총천연색 바람만 뜨고 있었다

감사합니다

감사합니다
또 감사합니다
정말 감사합니다

언제까지 감사하며 살아야 할는지요

숨 쉴 수 있다는 것
만질 수 있다는 것
그리워할 수 있다는 것

이보다 더 감사한 게 더 있을는지요

감사조차 함부로 할 수 없는 이유는
신을 거역한 죄가 아니라
내가 나를 배반한 죄 때문입니다

감사하며 살려면 죄악을 먼저 익혀야 하는 것 아닌지요

그 여자의 전설

여자는 언제나 해녀였다
잠들 수 없는 날이면
오래도록 최면을 걸었다
바다가 그 남자보다 편하다고
파도가 제 새끼들처럼 곱다고
자라 등보다 오장육부가 더 딱딱한
여자는 열 길 사람 속 몰라도
바다 한 길 속은 훤하게 보인다며
노래처럼 뱉어낸 말이 늘 반복되었다

멍게 해삼 소라 전복
망태기 터지게 담아내는 날이면
바다가 술래 되어 주고
여자는 새끼들과 춤을 추었다
여자는 숫자를 단 한 번도 읽지 않았는데
돈과 전복을 맞바꿀 때 단 한 번도 실수하지 않았다

여자는 딸을 낳고
딸은 남자를 길러내었고

그 남자는 여자를 밀어냈다
여자는 언제나 그랬다
바다가 있어 바다처럼 살았다는 그 말이
꽃보다 더 눈부신 울음이었다
바다가 여자를 침묵으로 안아 가던 날
돌아오겠다는 전갈이 늙은 남자에게서 왔다

4부

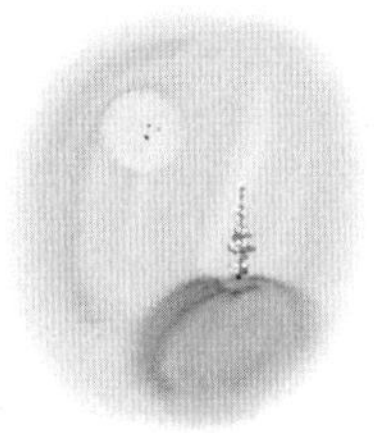

찢겨지고 찢어져 땅에 떨어진
흙 묻은 꽃잎조차 감히 밟지 못한다면
참으로 행복한 사람입니다

행복한 사람

태어나는 것이 내 뜻이 아니듯
살아가는 것 또한 뜻대로 되지 않을 적에
억울해도 정말 억울하지 않은 것처럼
배반당해도 정말 배반이 아닌 것처럼
상처 받아도 정말 상처가 아닌 것처럼
너무 슬퍼도 정말 슬픔이 아닌 것처럼
예고 없이 찾아오는 만남인들 헤어짐인들
아무렇지 않은 듯 받아들일 수만 있다면

우리네
인생살이엔 이해할 수 없는
이해되지 않는 것들로 가득차 있지 않은가요
때로 결코 용서해서는 아니 될 것도
용서할 수밖에 없었던 그 순간에
이름 모를 들꽃 하나 만났을 때
찢겨지고 찢어져 땅에 떨어진
흙 묻은 꽃잎조차 감히 밟지 못한다면

참으로 행복한 사람입니다

죄

숨어라
꼭꼭 숨어라
죽도록 사랑했던 세월이여

사랑의 도구

눈이 있어요
오직 당신만을 느낍니다
당신이 잠시라도 보이지 않는다면
벌써 당신 곁으로 달려갑니다

눈이 있어요
당신을 만지고
당신을 냄새 맡고
당신을 먹어 치웁니다

눈이 있어요
당신 속에 들어가고
당신을 말하고
당신을 키웁니다

눈이 있어요
당신을 당신만을 삽니다

때로 당신이 너무 비싼 값이면
깎을 줄 모르는 바보가 됩니다

내게만 있는 두 눈은 당신만을 사랑하는 도구랍니다

삶, 유한한 그것

밥그릇 싸움에 늘
눈치작전으로 시작하는 하루
퇴근 시간마저 온전히 박제시키고
포장마차로 질주할 때 들리는 건
구멍난 지갑 속의 한숨소리

살들 익는 냄새
말 안되는 말 혓바닥에 휘둘려
벌레처럼 스멀거리며
술잔 속을 파고드는 건
그저 살아보라고 명령만 하는 세상

풀 한 포기 모래 틈 비집고
방금까지 살아남은
청개구리 한 마리 잡혀 와
속살 비집고 노려볼 때
오염된 바다를 부영하는 '그린피스'호를 떠올린다

하루 살아내기조차 힘든

사람들인 나
강남 갔던 제비 토해낸 박씨 딱 한 개만
심장 깊숙이 꽂아 두고
감추고만 싶은 눈물 보이면
도덕 불감증 환자로 마취된 채
오존층 파괴된 하늘만 노려본다

말과 말

말이 만나서
사람이 오고
말이 좋아서
사랑이 되어

말이 헤퍼서
사람이 가고
말이 싫어서
이별이 되어

사람들만 너무 멀리 왔나 보다

별, 어머니의 자궁에서

아날로그식 편지 쓰기

가슴이 사막 같던 날 집을 나섰습니다. 하마터면 영영 잊을 뻔 했던, 정말 지금 막 한 입 깨물고 싶은 풋사과 같은 사람을 떠올리며. 집 나온 강아지처럼 싸돌아다녔습니다. 사람 발 덜 디딘 곳만 찾아다니며. 사람들에게 짓밟힌 낙엽들을 이리저리 피해서 걸었습니다.

아직 초저녁인데 포장마차 불빛이 바쁩니다. 술 한 잔은 생수인가요. 술 두 잔은 눈물인가요. 술 석 잔은 인생인가요. 그래서 술은 풋풋한 사랑인가요. 그 술에 취할 줄 아는 인간만이 정말 인간답지 않은가요.

사람은 정말 모를 동물입니다. 사람은 참으로 모를 사랑을 합니다. 그래서 인간은 신과 짐승 사이에 가로놓인 동물인지 모릅니다.

끔찍한 사랑을 하고자 합니다. 타인이 결코 해보지 않은 사랑이 필요합니다. 죽음 같은 사랑을 원합니다

편지가 점점 길어집니다. 읽어내시기에 못 견딜 정도로
지겨워집니까. 잠깐만 참아주세요.

사랑합니다. 역시 이 단어 외엔 드릴 것이 없네요. 별을 따
다 줄 수도 없고 타는 가슴 툭 저며내어 전할 수도 없으니
말입니다.

그 사랑은 완전한 사랑이 아니었음을 직감으로 알아챘습
니다. 건방지게 말입니다. 사랑은 끔찍한, 그래서 지독한
사랑은 죽음 같은 사랑입니다. 에로스는 곧 타나토스잖
아요. 바로 지금 하고픈 사랑입니다.

벌써 한 계절이 내어줄 준비를 하고 있네요. 그 빈 곳
에 당신이 들어올 것이라 착각하면서 이제 잠깐이나마
풀어놓았던 말, 마구 늘어놓은 언어들을 거두어 들여야
겠습니다. 이 편지는 결코 부칠 수 없다는 것을 알기에.
돌아볼 줄 모르고 저 바람에 저렇게 자유롭게 가버리는

저 낙엽을 부러워하며 제 언어들을 지우개로 말끔하게 지
우도록 하겠습니다. 키 낮은 그 하늘 아래, 거기서 드림.

이별 연습

바람 쥔 손끝으로
저며 내도 끊어지지 않는
사과 껍질 같은 모양새
홑이불 속에 가두지 못한 채
등 돌린 어깨가 너무 시리다고
다시 눈 둘 수야 없지

풋사과는 하나만 먹어야 했었는데

저녁 바람

눌러 둔 아침을 선잠으로 깨면
바람에 시작되는 하루
인스턴트커피 한 잔에
오늘만큼의 나를 붙박이 해두는 버릇은
누군가에게 배우지 않고서도
스스로 습득되어진 일상이다

기다리지 않은 첫서리가 내리던 날
눈빛만으로 채워졌던 그 시간이
비누 거품에 용해되어 살갗을 건드리면
나를 사랑하는 사람보다
내가 사랑할 사람이 더 필요하다

묵은 때처럼 벗겨지지 않는 흔적
젖은 머리 오래 빗어 내려
내가 여자였음을 확인해 놓고
욕실 문을 건드리는 소리가

세상 너머에서 온 저녁 바람이었을 때
나를 사랑하는 사람 곁에서
내가 사랑할 사람을 그리워한다

사람들 곁에 있을 그 사람이 없다

가을 여자

당신 가슴으로 가을이 깊숙이 파고들 때
이런 바람 한 번 가져 보세요

나를 필요로 했던 사람들을 먼지 털듯 떨구어내고
예전에 단 한 번도 가보지 못한 곳으로 가
풀 곱게 먹인 하이얀 홑이불로
양 어깨까지 푹 눌러둔 채
두 다리 쭉 펴고
아무런 생각도 하지 말고
두 눈을 꼭 감아 보는 거예요
마치 죽은 듯이 말이에요
나를 위해 살았는지 타인을 위해 살았는지 모를
내가 훑고 간 세월이
아무것도 아니었다고
그냥 툴툴 비워 버리는 거예요

잘못된 만남 속에 꼬인 인연도

부엌에 오래 있었던 시간들도
날마다 무덤덤한 곁의 사람조차도
그냥 모르는 척 타인인 척하는 거예요
툭 불거져 나온 뱃살과
축 처져 버린 주름진 눈가는
거울 속에 비추인 나 아닌 다른 여자랍니다
이름조차 지워져 살았던 내 안의 내가
다시 보이기 시작할 거예요

지금
눈을 그대로 감고 있어요
절대 뜨지 말아요
당신은 당신만의 가을밤을 사는 거예요
당신만이 당신을 다시 살 수 있다는 것은
당신은 지금까지 대가 없이 헌신만 했기 때문이지요

자 이젠 보일 거예요

당신의 참모습을 다시 사셨잖아요
보석보다 더 비싼 값을 지불했어요
이제 당신은 이 세상에서
그 누구보다도 더 젊은 여자입니다

지금 당신은 세상에서
가장 매력 있는 여자가 되었습니다
당신이 매력 있고 젊은 까닭은
이렇게 가을이 깊은 밤
당신은 당신 혼자서도 당당히 길을 나서
어디든지 갈 수 있는
새빨갛게 달궈진 열정이 아직 남아 있기 때문입니다

울고 싶을 땐 핏빛 포도주를 마신다

그
피는
심장으로 되돌아갈 줄 몰라
그의
피에는
지독한 사랑이 담겨 있어

내
몸은
스스로 포로 된 이유조차 알 길 없고
나의
몸에는
그리움이 마다마디 박혀 있어

그로 인하여
나
울고 싶을 땐 언제나 핏빛 포도주를 마신다

이유 있는 반항

대중목욕탕에서
에스라인 여자 뒤로
은근히 마음이 뒤틀리는 건
겹겹이 늘어나는 뱃살이 버거워서가 아니리
눈이 시리다

공원 산책길에 마주친
건강한 청년 곁에서
서둘러 달아나고 마는 것은
줄어든 키를 들키고 싶지 않아서도 아니리
발이 저리다

텔레비전 앞에 넋 잃고 앉아
웃기지 않는 개그에 어설피 웃어주고
감동할 수 없는 드라마에 외면도 못해
밥 굶어 방학이 밉다는 초등학생의 절규가
마감 뉴스 끝에 잠깐 스쳐질 때

한순간에 사라지는 동정의 눈길도
강퍅한 시대를 겨우 건너왔다는 안도의 숨이 아니리
목이 메인다

사람에게 기대할 것이 아직 남아
속고 속이고도 다시 믿고 싶은
몹쓸 습관이 어디서부터 시작되었나
그저 아무라도 붙들고
속없는 수다 좀 떨면 어떠랴
나이만 먹은 탓도 결코 아니리
입이 무겁다

그냥 사는 게 시들해질 때
사방이 막힌 유리 안에서
저 혼자 뱅글뱅글 잘도 돌아가는
늘씬한 마네킹에 걸린
빨간색 원피스를 빼앗아 입고 싶은 것은

이유가 있는 반항이리라
누구나 젊다

후회

차마
넘지를 못해
넘을 수가 없어
이토록
닿지가 않아
닿을 수가 없어
가슴이 울려서
울리는 가슴 때문에
서 있을 수가 없어
거기 그렇게 있는 것만으로도 충분한 사랑인 것을

가슴앓이

너무 늘어진 사랑에는 이별이 이미 들어와 있다

잊을 수 있어서
잊혀질 수 있을 것 같아
헌 사랑이 새 사랑 될 수 있다면 얼마나 좋을까

이 시대가 대량 생산의 사랑을 앓게 한다

지금 이대로

지금 이대로
날 너로 채울 수 없다면
한번쯤 외면하면 어떠랴
허기진 사랑일지라도
그냥 재워두면 어떠랴

지금 이대로
그리움도 홀로인 것을
언젠가 내게도 바람이 분다면
낯설지 않은 사랑을 만날 것 같아
이제 막 헹구어낸 말간 가슴으로
겁 없이 몸 담그리라

두 사람

전화 왜 없니
못하는 거니
안 하는 거니
기다리는 게
무언 줄 아니

아무나 사랑할 수 없는 거잖아

인형의 말

사람이 간대요
바람은 잔대요
사람이 바람을 안아요

손톱깎이가 보이지 않는다. 서랍 속에도 싱크대 밑에도 없다. 운동장에도 없다. 침대에도 없다. 조각난 열 개 손톱이 변기통 속에 버려졌다. 여자가 빨갛게 웃는다. 어제 손톱은 분명 검정색으로 칠했는데 하얗다. 노래를 불렀다. 그리고 옷을 벗었다. 생수를 사러 가야 한다. 인형 옷이 없어졌다. 하늘로 가야 한다. 여자는 너무 오래 강의실에서 분필가루를 맛있게 먹었다. 생수가 없으니 말이 아니다. 말이 여자를 버렸다. 여자는 생수를 떨어뜨리지 않으려고 발버둥쳤다더군. 올챙이 한 마리가 냉동실에서 살아남았다고 하더군. 그날 비뇨기과에서 손톱 깎는 말이래.

바람은 온대요

사람이 깬대요
바람은 사람을 버려요

감기 걸렸다. 휴지가 없다. 약쑥 색깔 생리대로 콧물을
닦았다. 그날 밤 목이 무척 말랐다. 생수 사러 이제 가야
한다. 두 다리가 멀쩡한데 경마장에 갈 수 없다. 아버지
산소에는 생수가 있다고 아무도 말해 주지 않았다. 짐승
이 사람을 슬퍼했다. 그래서 파란 사과 하나를 먹었다.
그래도 목이 마르다. 파란 신호등이 켜졌다. 땀을 줄줄
흘린다. 올 겨울 김장독이 얼어 터졌다고 한다. 또 거짓
말. 말이 말을 길들이는 문법 규칙을 줄줄 외우는 여자
는 말이 떠났다고 했다. 이날 산부인과에서. 그 후로 하
늘은 낮은 곳에 있었는지 기억이 없다.

이십일 세기 새 사랑을 찾습니다

옛날 옛날에 사람들이 살고 있었답니다. 두 사람만이 평화롭게 말입니다

과일을 따 먹지 말라는 명령이 있었다나요. 그 과일은 맛이 어땠을까요. 어쩜 따 먹을 수 있었던 건 사람이 아니라 신이었는지도 몰라요. 절대자의 양식이니까요.

추워요. 춥다구요. 이가 딱딱 부딪혀 와요. 모래 바람도 멈추었는데 어린 왕자에게서 메일이 왔어요. 급속냉동 고 하나 준비하라는 메시지입니다. 자궁 속에서 핀셋이 생명을 잉태시키네요. 달빛이 깊어요. 난자 핵이 잘려 나가네요. 어디론가 여행을 떠난다네요. 토해내는 숨소 리가 드라이아이스 통 속으로 빨려들어 가네요.

여기는 우주. 생명이 있는 또 다른 별. 남자와 여자는 자 웅동체가 되었네요. 이제 임신을 해야겠어요. 나는 당신을 사랑합니다. 내 아이를 갖고 싶답니다. 아담은 이미 과일

한 조각 받아먹어 치운 지 오래되었거든요. 에덴동산에 가
서 선악과를 다시 당신이 따 먹어야겠습니다. 맛있게 먹으
세요. 절대로 이브에겐 건네주지 말구요. 그래야 당신은 죄
인이 아닐 수 있으니까요.

사람아 사람아 사람아 네가 어디 있느냐?
　　　없다
진흙으로 새 사람을 빚어 드리겠습니다. 무료로 말입니다.
　　　싫다
사람을 찾습니다.

용서

누구는
배반당한 내게
먼저 용서하라고 합니다
그런 일은 일어나지 않을 것 같습니다

용서란
입으로는 참 쉽게 뱉어지는 말입니다
단 한 번도
단 한 사람에게도 허용하지 못하면서 말입니다

나는
당신을 버렸습니다

이제야
나는 용서를 했습니다

김첨지를 만나다

정말 정말이지
살면서도 살고 있는 것 같지 않던 날
흙냄새 같은
늙은 사내가 흐린 두 눈에 들어왔습니다

새벽 막걸리 한 사발로 힘을 얻어
등에 얹혀진 짐은 키를 훌쩍 넘기고
옮기는 걸음마다 굵은 땀은 소금물이 된 채
하루 삶을 그렇게 시작하는
늙은 사내는 오래된 지게꾼입니다
동대문 새벽시장 한가운데서
누런 이 가득 웃음 머금은
늙은 사내는 아직도 이십일 세기를 사는 지게꾼입니다

그날
나는 처음으로
'현진건'의 '운수 좋은 날'을 만났으며

'김첨지'에게서 슬픔이 아닌 행복을 읽었습니다

존재의 근원이 갖는 고통, 혹은 욕망 풀어놓기

인간은 얼마나 불완전한 존재인가. 그래서 인간이 지닌 육체와 영혼은 또 얼마나 불완전한가. 인간은 그 불완전함을 채우려고 욕망하는 존재인지 모른다. 자크 라캉의 말처럼 끝간데 없는 욕망이 온전히 채워질 수 없겠지만.

임명숙 시인은 어떠한 매너리즘에서도 벗어난, 그리고 수려하지도 않은 시어로 그만의 독특한 시세계를 구축하고 있다. 인간 존재의 근원, 그것이 갖는 심연과 고통이 응축되어 있는, 혹은 그것을 벗어나려는 욕망을 있는 그대로 풀어 놓는다. 그가 풀어 놓은 그것들은 우리가 낯익게 알아온 것, 너무도 친숙한 것들로서 미학적인 의미를 드러내고 잔잔하게 감동을 가져다준다.

오늘날처럼 진정한 인간정신이 과학기술에 종속되고 개인화되어 가상현실 속으로 침몰하고(<이십일 세기 새 사랑을 찾습니다>) 효율성과 자본의 논리에 의해 인간마저 상품화되고 기호화되고 있는 이 시대(<이 땅에서>)에 그의 시는 피상적 인식에서 벗어나 현실적 가능태로 다가온다. 어떤 설익은 이념의 흔적이나 공소한 외침 같은 것도 배어있지 않기 때문이다. 그래서 읽어낼 때 인내를 그다지 필요로 하지 않는다. 그저 독자 마음 가는 대로 읽으면 그만일 수도 있다. 한 마디로 말한다면 그의 시어들은 쉽다는 것이다. 쉽다는 의미는 머리로 읽혀지는 것이 아니라 황량한 현실에서 살아내기가 너무 버겁거나 너무 지쳤을 때, 가슴으로 읽혀짐으로써 깊은 울림이 배어나는 것이다.

때문에 시를 해설하는 것이 오히려 그의 시를 어렵게 만들어
가는지도 모른다.

　사람이기에
　사람이기에
　외로운 것입니다

　살아 있어
　살고 있어
　외로움을 갖는 것입니다

　사랑을 해서
　그 사랑 때문에
　외로움에 젖는 것입니다

　잊지 못해서가 아니라
　벌써 잊혀졌기 때문에
　외로움이 더욱 깊은 것입니다

－<외로움>1. 전문

　당신과
　나는
　우리가 될 수 없는데 지금은 하나입니다

－<외로움>5.전문

인간은 고독한 존재라는 아포리즘을 쉽게 부인할 수가 없다. 살아가면서 한번쯤 외로움을 느껴보지 않은 사람이 그 어디 있으랴.

시인의 말처럼 어쩌면 "사람이기에 외로"운 것이고, "살고 있어" 더욱 "외로움을 갖는"것은 아닌지. 또 "사랑을 해서" "그 사랑 때문에" "외로움에 젖는" 것은 아닌지.

시적자아의 "외로움"은 그저 살아내기 할 때의 가벼운 외로움, 누구나 한번쯤 가볍게 앓고 지나가는 것 같은 그런 외로움이 아니다. 낯설지 않은, 그 익숙한 것들이 경이롭게 다가오기 때문이다. 그의 외로움은 누군가를 "잊지 못해서" 따라오는 외로움이 아니라 타인에 의해서 "잊혀졌기 때문에", 혹은 시적자아에게서 타인이 잊혀졌기 때문에 "외로움이 더욱 깊"은 것이다. 이 상황은 추상적이지가 않다. 현실태이다. 그래서 이러한 외로움을 앓는다는 것은 견디기 힘든 통증이다. 이러한 고통, 누군가에 의해서 혹은 누군가가 잊혀지면 안 될 시적자아의 외로움을 극복하려는 욕망은 파편화되지만 그 파편 조각 하나하나가 일시에 꿰맞춰져 존재의 내면으로 비상한다.

"우리"는 누구인가. 우리는 "당신과 나"이다. 우리는 둘이며 동시에 "하나"이다. 당신과 나는 "우리가 될 수 없는데 지금은 하나"이기 때문이다. 어떻게 우리가 될 수 없는데 너와 내가 하나인가. 이 역설을 어떻게 설명할 수 있을까. 횡간에서 의미를 합성해 읽어내면 된다. 포스트모던식, 존재론적 자세이다. 너와 내가 하나가 될 수 있는 것은 곧 근원적인 상실에서 오는 외로

움의 승화이다. 마치 고체가 액체 상태를 거치지 않고 곧바로
기체가 되듯이 둘인데 하나인 것처럼 한순간에 느껴질 수도 있
기 때문이다. 그 순간 외로움은 치유가 된다. 그것이 일회성을
지니든 아니든. 거기에 '사랑'이 자리하고 있다.

      ······중략······

묵은 때처럼 벗겨지지 않는 흔적
젖은 머리 오래 빗어 내려
내가 여자였음을 확인해 놓고
욕실 문을 건드리는 소리가
세상 너머에서 온 저녁 바람이었을 때
나를 사랑하는 사람 곁에서
내가 사랑할 사람을 그리워한다

사람들 곁에 있을 그 사람이 없다

-<저녁 바람>일부

처음 '주홍글씨'를 읽었을 때
선악과 따 먹은 이브보다
이브가 건네 준 선악과 덥석 먹은 아담을 먼저 떠올렸다

      ······중략······

어제 같은 오늘을 살 수밖에 없고
금지된 사랑 꿈꾸는 몹쓸 병은
언제라야 치료가 될까
올 봄에도 라일락만 세상에 왔나 보다

······중략······

먼지 앉은 활자 털어내며
지금 내가 쓰는 '주홍글씨'는
사랑 나눌 그 자리 찾아 바스러진다

-<내가 쓰는 주홍글씨>일부

자크 라캉이 말하는 '사랑'은 벗겨보니 환상이었으며, 베일 속의 그것이었고 바로 텅 빈 구멍이었다.(The Thing) 이를 뻔히 알면서도 죽을 때까지 놓을 수 없는 것이 바로 사랑이 아닌가.

시적자아는 너무도 솔직한 사랑을 욕망한다. 이러한 사랑이 매우 위험하다. 바로 "금지된 사랑"이기 때문이다. "욕실 문을 건드리는" 바람 소리에 가슴 두근거리며, "나를 사랑하는 사람 곁에서 내가 사랑할 사람을 그리워"하고, "사랑 나눌 그 자리 찾"는 행위는 얼핏 보면 인간의 숨겨진 본능을 드러내주는 측면이며, 그것이 퍽이나 관능적이며 금지된 사랑을 욕구하는 듯하다. 솔직함을 넘어서 저속함으로까지 읽혀질 수도 있다. 하지만 곧 독자는 시인의 꾸미지 않은 목소리를 그대로 받아들이게

된다. 왜냐하면 사랑이란 '받는 것'보다 '주는 것'("사랑할")이 진정 이타적이고 순수하기 때문이다. 누군가로부터 사랑을 받기만 한다면 이보다 더 이기적인 사랑이 어디 있을까. 그저 주는, 조건 없이 내어주기만 하는 사랑, 그러한 사랑은 허여적인 사랑으로까지 흐를 수 있다. 이것이 바로 사랑의 미학이 아닐까.

나타니엘 호돈의 <주홍글씨>는 단적으로 말하면 인간의 욕망, 그 사랑이 무엇인가에 대해 묻고 있는 단편소설이라고 할 수 있다. '간통'이라는 단어의 첫 글자인 A, 그것이 세상에 던지는 의미. 윤리적인 잣대로 보면 성직자인 '목사와 유부녀'와의 사랑은 불륜이고 간통이며, 해서는 아니 될 금지된 사랑이다. 그런데 시인은 이 금지된 사랑을 "꿈꾸"는 동시에 "치료"되기를 원하고 있으니 참으로 아이러니한 일이다.

태초에 사랑이 있었다고 믿는다면 '이브'와 '아담'과의 사랑일지 모른다. "처음 '주홍글씨'를 읽었을 때" "이브가 건네 준 선악과 덥석 먹은 아담을 먼저 떠올렸다"는 시인은 이브가 없는 낙원보다 이브와 함께하는 실낙원을 택한 아담에게 더 인간적인 면모를 느낀다. 주홍글씨를 순수한 사랑, 그 자체로 받아들인다. 내가 사랑할 사람을 그리워하는 그 방식대로라면 "주홍글씨" A는 무죄가 된다. 이제 시인이 쓰는 <내가 쓰는 주홍글씨>는 사랑 나눌 그 자리를 찾아 그만의 사랑을 한다.

시인은 사랑 나눌 자리 찾아 길 떠난 그곳에서 이타적인 사랑을 실천한다. 그가 하는 사랑의 행위는 "발가락에 물집이 잡히"도록 "수재민"을 돕는 행위이다. 수재민이었던 "늙은 창녀"

에게 인간적인 시선을 보내며 봉사하는 그의 행위는 언어의 서정적 울림을 넘어서 가열찬 시정신으로 빛을 발한다. 소외된 그들이야 말로 시인이 원하는 "사랑 할 대상"들이었기 때문이다. (<하늘은 낮은 곳에 있었네>) 이럴 때 시인의 시적 진실은 배가되어 타자에게 진한 울림으로 다가온다. 이렇게 이타적인 사랑을 나눌 때 진정 '행복'해질 수 있을 것이다.

      자정이 넘은 눈보라 속
      혼자 걷고 또 걷다가
      얼어버린 발길 닿은 그 곳
      사람 냄새 짙게 배인
      두어 평 남짓의 국밥집에서
      내가 먹은 것은 행복이었습니다
      그리고 꿀꺽 삼킨 것은 눈물이었습니다

－<12월 31일>전문

   인간의 삶은 그렇게 필연적이지만은 않다. 어찌 보면 우연의 연속일지도 모른다. 시적자아는 겨울이 깊은 "12월 31일", 한 해의 마지막 날 "눈보라 속"을 헤집고 다닌다. 그것도 "혼자"서. 때로 인간은 혼자이고 싶을 때가 있다. 사람이 싫어서 사람 곁을 떠나고 싶은 그런 충동감. 아니 사람이 너무나 그리워서 사람 찾아 떠날 때도 있을 수 있다. 시인은 무엇 때문인지 혼자 "발"이 "얼어버"릴 정도로 "자정이 넘은" 시간까지 "걷고" 있다.

116

"걷다가" 얼어버린 발길이 "닿은 그 곳"은 아주 초라한, 겨우 "두어 평 남짓의 국밥집"이었다. 도심에서 좀처럼 찾아지지 않을 듯한 그런 국밥집 가마솥에서는 아마도 김이 모락모락 났을 것이다. 손발이 얼어붙을 정도로 깊은 겨울날 지독하게 외롭고, 사람이 그리워 헤맬 때, 따듯한 국밥 한 그릇 선뜻 건네주는 손길이 있다면, 그 손길이 바로 훈훈한 사람 냄새가 아닌가. 이렇게 "사람 냄새 짙게 배인" 국밥집에서 시인은 "행복"해질 수밖에 없다. 가난한 사람은 가진 것이 없어서 불행한 것이 아니고, 많이 가진 사람은 물질이 너무 풍족해서 행복한 것만도 아닌, 지극히 단순한 논리가 이 순간에는 통한다.

과연 행복의 정체는 무엇인가. 행복의 반대편엔 불행이 버티고 있다. 고통이 먼저 있어 그 고통을 극복했을 때 비로소 행복해지는 것 아닌지. 마치 눈물을 "꿀꺽 삼킨" 뒤에 맛보는 그 행복처럼. 행복은 가장 작은 곳에서부터 시작되고, 또 가장 가까운 곳에 있는 것. 아주 소박하고 평범한 이치 아닌가.

태어나는 것이 내 뜻이 아니듯
살아가는 것 또한 뜻대로 되지 않을 적에

……중략……

때로 결코 용서해서는 아니 될 것도
용서할 수밖에 없었던 그 순간에

이름 모를 들꽃 하나 만났을 때
찢겨지고 찢어져 땅에 떨어진
흙 묻은 꽃잎조차 감히 밟지 못한다면
참으로 행복한 사람입니다

─<행복한 사람>일부

    살아가면서 이따금씩 자문하게 되는 말, '나는 행복한가'이다. 그러면서 '나는 행복을 욕망하는 존재'란 것을 거부하기도 쉽지가 않다.
    세상에 태어나고 싶어서 태어난 사람이 어디 있으랴. 시인의 말대로 "태어나는 것도 내 뜻이 아니듯" "살아가는" 것 또한 내 맘대로 내 의지대로 되는 것만은 아니다. 때론 살아가면서 "결코 용서해서는 아니 될 것도" 용서해야만 할 때가 있을 것이다.(<용서>) 이러한 상황에서 "찢겨지고 찢어져" 땅에 떨어져서 "흙 묻은" "이름 모를 들꽃 하나"를 만난다. 이름도 없는 들꽃, 흙 범벅이 된 그 꽃은 정말 보잘 것이 없다. 그야말로 화려한 장미꽃도 아니다. 사람들에게 눈길조차 끌지 못하는 아니 눈에 뜨이지도 못하는, 그래서 가치조차 지니지 못한 채 이름도 불려지지 않는 그 꽃은 바로 주변부적인 존재이다. 얼마든지 외면 받을 수 있고 짓밟힐 수가 있다. 그런데 시인은 "감히 밟지 못"한다. 보잘 것 없고 전혀 가치가 없는 그것조차 짓밟지 못하는 행위는 사랑의 또 다른 행위이다. 바로 시적자아가 "행복"을 얻는 방식이다. 시인이 행복을 욕망하는 그것은 인간적인, 그래서 나와 타자를 동일시시키는 그 공간에는 이물질이 들어올 수

가 없다. 인간의 이성이 도구화되지 않았을 때, 순수할 때 "참
으로 행복한 사람"일 수 있는 것이다. 이렇듯 고통, 혹독한 통
증을 앓은 자만이 진정 "행복을 읽"을 수 있는 것은 아닐는지.

정말 정말이지
살면서도 살고 있는 것 같지 않던 날
흙냄새 같은
늙은 사내가 흐린 두 눈에 들어 왔습니다
새벽 막걸리 한 사발로 힘을 얻어
등에 얹혀진 짐은 키를 훌쩍 넘기고
옮기는 걸음마다 굵은 땀은 소금물이 된 채
하루 삶을 그렇게 시작하는
늙은 사내는 오래된 지게꾼입니다
동대문 새벽시장 한가운데서
누런 이 가득 웃음 머금은
늙은 사내는 아직도 이십일 세기를 사는 지게꾼입니다

그날
나는 처음으로
'현진건'의 '운수 좋은 날'을 만났으며
'김첨지'에게서 슬픔 아닌 행복을 읽었습니다
ㅡ<김첨지를 만나다> 전문

현실을 담아내는 시인의 목소리는 매끄러운 것이 아니라 투박하며 소박하기까지 하다. 소박한 그 목소리로 독자들에게 마치 단편소설 한 편('현진건'의 <운수 좋은 날>)을 새롭게 읽어주고 있는 듯하다.

시적자아처럼 "정말이지" "살면서도 살고 있는 것 같지 않"게 살아갈 때가 있다. 이러할 때 시인은 "동대문 새벽시장"을 찾는다. 그곳은 사람 냄새가 솔솔 묻어나는 곳이며, 다양한 욕망들이 충돌하지 않고 보이지 않게 교차하며 질서가 있는 곳이다. 그곳에서 시인은 "흙냄새 같은" "오래된 지게꾼"인 "늙은 사내"를 응시한다. 응시하는 시인의 눈 속에서 그는 "슬픔"이나 동정심 따위를 유발시키는 것이 아니라 "행복"을 가져다주는 존재로 부각된다.

"이십일 세기"다. 기계기술은 인간을 흙으로부터 점점 더 멀어지게 하였고, 노동은 기술의 부속품으로 전락하였으며 도시는 산업화의 중심지가 되었다. 과학화, 산업화가 파시스트적인 속도로 모든 것을 잠식하는 이 시대에 아직도 우리의 '김첨지'가 현현하고 있다. 그는 도심의 "한가운데서" 살아가는 늙은 지게꾼이며 현실적 인물이다. 그가 흘리는 "소금물"이 된 "굵은 땀", "키를 훌쩍 넘"는 수많은 "짐"들을 나르는 노동, 그 노동 행위는 신성한 것이고 정직한 것이다. 그것은 코드 기호로 획일화되고 개인의 자율성마저 함몰되어 살아가는 이 시대에 무언의 메시지를 전한다. 거대한 자본의 성채 속에서 옴짝달싹 못하고 살아가는 우리들에게 욕망의 거센 흐름을 느슨하게 한다. 바로 "행복을 읽"을 수 있게 해 주기 때문이다. 시인이 만난 그는 진정 이십일 세기를 살아가는 '현진건'의 '김첨지'인지도 모른다. "누런 이" 드러내며 활짝 웃는 늙은 지게꾼인 그는 사는 의미조차 물을 시간 없이 쫓기듯 살아내기 해야 하는, 그래서 너무도 고독한 현대인들에게 보편적 가치를 안겨주는 생수 같은 존재인지도 모른다. 어쩌면 그는 지금 이 순간에도 존재의 근원 고통, 거기에서 인간이 욕망하는 그것인 판도라 상자 속 '희망' 곁에 '행복'을 풀어놓고 있을지 모르기에.

이처럼 욕망하는 그것들을 풀어놓을 수 있었던 것은 시인의 '가슴'에 아직 '울음'이 있어 가능했던 것은 아닐까.

이렇게
이렇게
울어도 울음 아직 가슴에 있습니다

－<이렇게 이렇게 울어도>전문

우리는 어떤 상황에 놓였을 때 울까? 때론 너무나 행복해서 울 수도 있고, 정말이지 지독하게 슬퍼서 운다.

시적자아가 "이렇게" 또 "이렇게" 우는, 혹은 울었던 그리고 울고 있을지도 모를 이 상황은 어떤 상황인가. 시간의 흐름조차 감지되지 않는 그런 상황이다. 과거이자 현재이고 현재이자 또 미래이다. 이렇게 또 이렇게" "울어도" 그 "울음"이 "아직" "가슴에 있"기 때문이다.

이 시는 시인의 시집 제목이기도 한 <이렇게 이렇게 울어도>란 시이다. 단 3줄로 된 시다. 퍽이나 쉽게 읽혀지는 듯하면서도 결코 쉽게 읽혀지지도 않는다. 어찌 보면 어떠한 설득이나 감동도 배제하는 가치중립적이기까지 하다. 때문에 단 3줄을 읽어내기가 오히려 당혹스럽다.

시인의 언어는 낯설지가 않다. 새로울 것도 없다. 어떠한 이미지도 그려지지 않는다. 언어가 말을 하지 않기 때문이다. 말을 하지 않는다는 것은 그 무엇을 전달하려고 하지 않는다는 의미이다. 이러한 상황에서 언어는 닫혀 있는 상태가 된다. 이 닫혀있는 상태의 언어를 시적자아의 울음이 열어 놓고 있다. 울음은 또 하나의 언어이다. 울음으로 닫혔던 언어를 다시 풀어 놓는다. 울음이 아직 가슴에 있기 때문에 언어는 결코 소멸되지 않는다. 소멸되지 않기에 시작과 끝도 없는 울음은 담론의 공간으로 이동한다. 그 담론의 공간이 바로 시인의 가슴이며, 그 가슴은 시원의 공간이기도 하다. 그 공간에는 너무 외롭고 슬퍼도, 혹은 진정 행복한 순간에도 울 수밖에 없는, 아무런 조건 없이 그저 내어주는 그 사랑을 하는 너와 나의 담론들이 담겨진다. 팍팍하기 그지없고 너무 버거워 견디기 힘든 삶이, 혹은 너무 가벼워서 어찌할 줄 모르는 메마른 영혼이 정화된다. 바로 근원적인 존재의 고통, 욕망하는 그것을 모두 풀어 놓은 거기에 인간적인 '울음'이 가로놓여 있어 시가 줄 수 있는 미학적 감응력은 최대치를 갖게 되는 것이다.

이처럼 시인이 풀어놓기한 그것들이 때론 현실과 이상의 괴

리 속에서 참자아를 찾고 싶은 우리들의 가슴에도 어쩌면 공통
되게 흐르고 있는 것은 아닐는지.

강경호(서울교대 교수)

이렇게 이렇게 울어도

- 초판 인쇄 2008년 1월 31일
- 초판 발행 2008년 1월 31일

- 지 은 이 임명숙
- 펴 낸 이 채종준
- 펴 낸 곳 한국학술정보㈜
  경기도 파주시 교하읍 문발리 513-5
  파주출판문화정보산업단지
  전화 031) 908-3181(대표) · 팩스 031) 908-3189
  홈페이지 http://www.kstudy.com
  e-mail(출판사업부) publish@kstudy.com
- 등   록 제일산-115호(2000. 6. 19)
- 가   격 18,000원

ISBN   978-89-534-7944-9 93810 (Paper Book)
        978-89-534-7945-6 98810 (e-Book)